MALAZONTE,

TRAGEDIE

Repréſentée pour la premiere fois par les Comédiens François le Jeudi 30. Mai 1754. & à Fontainebleau le Mardi 12. Novembre de la même année.

A PARIS,

Chez SEBASTIEN JORRY, Imprimeur-Libraire, Quai des Auguſtins, près le Pont S. Michel, aux Cigognes.

M. DCC. LV.

Avec Approbation & Privilége du Roi.

Et vitæ monſtrata via eſt , & gratia Regum
Pieriis tentata modis.

Horat. Art. Poët.

A V I S

DE L'EDITEUR.

ETTE Tragédie n'eſt qu'un Roman nouveau, inventé par l'Auteur, accommodé au Théâtre & mis en Vers : il n'y a rien d'hiſtorique que le nom des Perſonnages.

Cependant, l'ordre des tems n'y eſt point altéré, on n'y fait mention que de Princes & de Généraux, qui furent en effet contemporains d'Amalazonte, (a) & de coutumes encore

____

(a) Il ne faut point confondre cette *Amalazonte* qui naquit vers l'an 510. avec l'*Amalazonte* que la Calprenede introduit dans ſon Roman de Pharamond.

obſervées pendant ſon régne. Il paroît
certain par le témoignage des meilleurs
Ecrivains (*a*) , que l'Idolâtrie régnoit
au ſixiéme Siécle dans la Gaule Narbon-
noiſe , dont Ravennes , Narbonne , Niſ-
mes & Touloufe étoient les Villes prin-
cipales , & furent le féjour d'Amalazonte.

Les Druïdes occupérent longtems
cette partie Méridionale de l'Europe ,
& confondirent ſans doute leurs Myſté-
res avec ceux des Goths qui les tenoient
des Grecs , auxquels les Egyptiens a-
voient eux - mêmes enfeigné les Loix ,

(*a*) Ces Ecrivains font Jordan Evêque de Ravennes ,
Olaus-Magnus Archevêque d'Upſal , Procope , Suidas , Sido-
nius Apollinaris , & Caſſiodore Chancelier de Théodoric ,
dont les fragmens hiſtoriques ont été recueillis par Jordan.
Liſez ce dernier. page 457. édit. de Paris 1589.

le Commerce , un Culte , les Arts ; enfin tout ce qui fert à égarer l'homme , & à irriter fes paffions. Ces Prêtres adoroient Jupiter , Minerve , & Mercure , fous le nom de *Theutatés*. Ils avoient un pouvoir fans bornes fur les Peuples & fur leurs Rois même , qui étoient obligés de céder à leurs confeils ou à leurs ordres , comme s'ils fuffent venus du Ciel (*a*).

Du refte , on fçait que Théodoric fut pere d'Amalazonte : cette Princeffe célébre par fon courage & par fes malheurs , fut mariée en premieres nôces à Eutharic. Devenuë par fa mort Reine

---

(*a*) Ces paroles traduites littéralement fe trouvent dans Olaus Magnus Archevêque d'Upfal , page 100. Edition de Rome M. D. LIV.

des Goths, elle ne s'appliquoit qu'à élever son Fils dans le grand Art de régner, & à faire fleurir dans ses Etats les Lettres qu'elle aimoit. Mais voyant que les Goths souffroient impatiemment sa domination, elle fut contrainte d'associer à son Trône Théodat, son cousin, qui porta, dans la suite, l'ingratitude jusqu'à la faire périr.

En voilà peut - être trop pour ceux, à qui l'histoire presque toute fabuleuse de ces Siécles de barbarie n'est pas moins indifférente qu'inconnuë.

On se gardera bien de justifier les défauts de cette Tragédie par des éxemples artificieux, ou par des préceptes encore plus déplacés. Il convenoit à Jules - César d'écrire sur la Guerre, & à Pierre Corneille de lais-

fer une Poëtique : il convient aux
autres d'étudier de fi grands modé-
les , pour fe rendre dignes de les admirer.

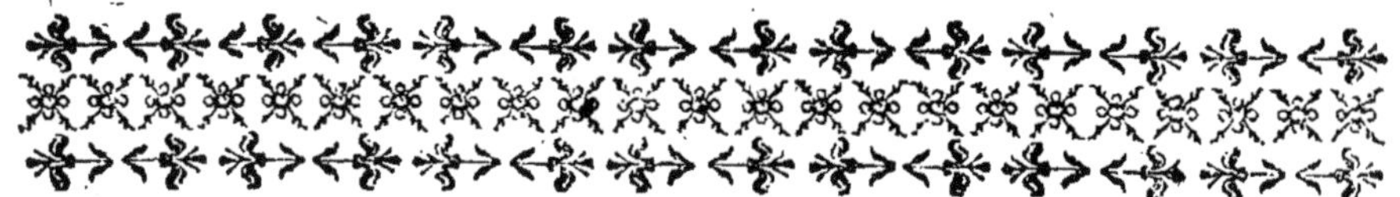

ACTEURS.

AMALAZONTE, Fille de Théodoric, veuve d'Eutharic,
  Reine des Goths. (C'étoient les anciens Gêtes.)

AMALFRED, Prince du Sang d'Eutharic.

THEODAT, Prince du Sang d'Amalazonte, & accordé
  par Théodoric à cette Princeſſe, avant qu'elle épousât
  Eutharic.

ARTAZIR, Confident d'Amalfred.

ARTAMAN, Chef de la Garde du Palais de la Reine.

PHANÉS, Ami de Théodat, autrefois ſon Gouverneur.

THEUDA, Ambaſſadeur de Gontrand, Roi de Bourgogne.

SUNNON, Ambaſſadeur de Clovis premier Roi de France.

ILDIONE, Confidente d'Amalazonte.

LE GRAND-PRESTRE du Temple de Theutatés,
  (c'étoit le Mercure des Grecs.)

DÉPUTÉS des États-Généraux de la Nation.

GARDES.
SUITE de la Reine.   } Perſonnages
SUITE du Grand-Prêtre. } Muets.
PEUPLE & Soldats.   }

La Scene eſt à Touloufe, ancienne Capitale
des Tectoſages.

Nota. *On a mis des guillemets à côté des
Vers qui n'ont pas été récités au Théâtre.*

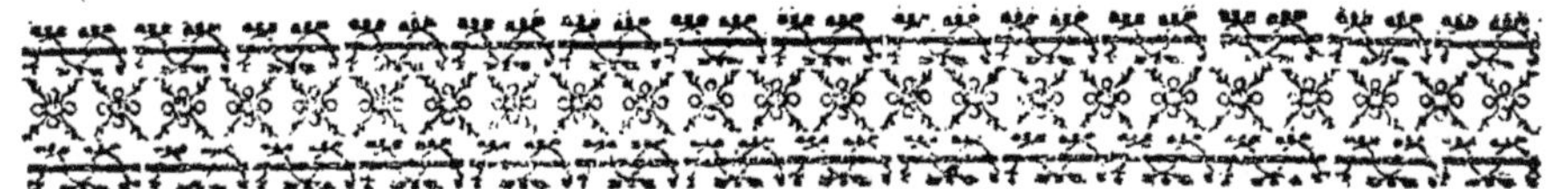

AMALAZONTE,
TRAGEDIE.

ACTE PREMIER.

Le Théâtre doit repréfenter le Veftibule d'un Palais, à l'un des côtés ·un Maufolée; du côté oppofé un Autel, fur lequel font des vafes fanglants & des poignards. Un grand rideau doit féparer le Veftibule (où s'ouvre la Scene) du Salon deftiné pour les cérémonies; à droite & à gauche de ce Salon doivent être plufieurs portes qui fervent de communication aux divers Appartements & au Temple qui l'entourent: ce qui rend l'unité de lieu facile à appercevoir d'un coup d'œil.

SCENE PREMIERE.
AMALFRED. ARTAZIR.
AMALFRED.

AH! que pour Amalfred ton retour a de charmes!
Cher Artazir, ta vuë a banni mes allarmes...

A

Cet endroit du Palais eſt le plus écarté ,
Viens , approche.

ARTAZIR.

Pourquoi cette ſombre clarté ,
Cet appareil de ſang , & cet Autel terrible ?
Ton ame , à la terreur longtems inacceſſible ,
S'abandonneroit-elle aux ſuperſtitions ,
Sous qui tremblent encor nos foibles Nations ?
» Ah ! cet abyme ouvert aux peuples imbéciles ,
» Se ferme ſous les pas de leurs maîtres habiles.

AMALFRED.

De mes troubles cachés dans un moment inſtruit ,
Tu connoîtras quel eſt le Dieu qui me pourſuit.
»Tu ſais quelle brulante & malheureuſe flamme
»Les charmes de la Reine allumoient dans mon ame:
»Et tes yeux ſur mon ſort trop ouverts dès longtems ,
»Ont ſurpris de ſon cœur les ſecrets ſentiments.
C'eſt pour en triompher que j'animai ton zele ;
Tu n'as rien fait pour moi s'il faut régner ſans elle.
Mon amour oſa tout : la ſoif de la grandeur
Céde à ce ſentiment le premier de mon cœur.
Sans ce feu dévorant , qui conſume mon ame ,
Je ne ramperois pas ſous les loix d'une femme ,
Et , ſans dépendre ici du hazard de ſon choix ,
J'y pourrois voir mon front ceint du bandeau des Rois ,
Et me ſaiſir d'un rang , que je perdrai peut-être ;
Cependant l'Amour ſeul de mon ſort eſt le maître.

Il difpofe, en tyran, de mes coupables jours,
Dont, fans lui, l'honneur feul eût illuftré le cours.
»Mais c'eft trop t'arrêter. Il eft tems de m'apprendre
»Des crimes que j'ai faits,&que je crains d'entendre.
»Parle. As-tu réuffi ? Du plus grand des forfaits
»As-tu, par ta prudence, affuré les effets ?

ARTAZIR.

Tout fuccéde à tes vœux ; & mon expérience
Croit pouvoir du hazard défier l'inconftance.
» J'ai verfé tout le fang qui fut profcrit par toi ;
» Et nul autre ne fait quel eft le fort du Roi.
Tandis que de fa mort la nouvelle femée,
Par mes récits trompeurs, fut partout confirmée,
Il étoit dans les fers ; & tu vois dans mes mains
L'infaillible garant de tes meilleurs deftius.

(Arta\zir laiffe voir des Tablettes.)
AMALFRED.

Que ne te dois-je point ?

ARTAZIR.

               C'eft peu que mon courage
Enlevant ton rival du milieu du carnage,
L'ait conduit, en fecret, dans de fombres cachots.
C'eft peu que dans le fang, dont je verfai des flots,
Ma prévoyance heureufe ait effacé mon crime,
Il falloit, pour fervir la fureur qui t'anime,
Séduire l'ennemi, que mon bras a frappé,
Il falloit qu'il mourût, fans être détrompé,

4　　AMALAZONTE,

(Il lui remet les Tablettes.)

Mes soins ont réussi ; cette lettre est le gage
Du triomphe sanglant que ton ami partage.

AMALFRED, (après avoir lû.)

» Ainsi donc, c'en est fait ; ton artifice heureux
» M'assure enfin le Trône & l'objet de mes feux.
Superbe Amalazonte , objet de tant d'hommages ,
Et vous , séjour brillant , des fameux Tectosages ,
» Il est tems de vous voir au gré de mes desseins ,
» Soumis à l'ascendant de mes nobles destins.
» Mais que fait Théodat ? achéve de m'instruire ;
» C'est ce rival surtout que je prétends détruire.
» Il aime Amalazonte ; & , malgré tous mes soins ,
» Tout prêt à l'accabler , je ne le crains pas moins.
Que devient-il ?

ARTAZIR.

S'il faut croire la Renommée ,
Théodat des Romains a dissipé l'armée.
Il a défait Narsés , résolu de périr
Ou de vanger le Roi qu'il n'a pû secourir ,
Sur les débris de Rome embrasée & fumante
Il éleve un trophée à son ombre sanglante.
Voilà ce que j'ai sçu d'un guerrier renommé ,
Qui , dans l'art des combats , autrefois l'a formé ,
Et qui , fuyant depuis la Cour & ses délices ,
Vit, sous un Ciel plus pur, sans maîtres & sans vices.
De Phanés.....

AMALFRED.

Quoi ? Phanés ! . . . il étoit en des lieux
Où ton bras s'eft couvert d'un fang fi précieux,
Et tu l'as laiffé vivre ! . . . & par ton imprudence
Je puis me voir trahir & perdre ma vangeance !....

ARTAZIR.

L'immoler en ce lieu c'étoit tout hazarder.
Un attentat de plus n'eût pû m'intimider.
Ce n'eft point ma pitié qui conferva fa vie.

AMALFRED.

Par combien de chagrins la mienne eft pourfuivie !

ARTAZIR.

Ah ! fûr de triompher d'un rival qui te nuit,
Laiffe à tes ennemis l'effroi qui te pourfuit :

AMALFRED.

Non. La crainte eft toujours la compagne du crime.

ARTAZIR.

Quand ton ambition, quand l'amour qui t'anime,
N'a plus d'obftacle à vaincre, & va combler tes vœux ;
Eft-ce à toi d'éprouver des troubles fi honteux ?

AMALFRED.

Vois quel en eft l'excès ; plains ton ami ; fa honte
Défavoue, à tes yeux, l'effroi qui le furmonte.
Je me rappelle envain tout ce qu'a fait pour moi
Ce courage indompté, que je refpecte en toi :
Et je crains que le tems ne trahiffe un myftere,
Dont toi feul méritas d'être dépofitaire.

ARTAZIR.

Ceffe tous ces détours. Parle ? que prétends-tu ?

AMALFRED.

Trompé par les vains noms de crime & de vertu ,
L'homme en fes vœux fouvent eft contraire à lui-mê-
      me.
Tu vis de mes tranfports la violence extrême.
Au premier rang , fous moi , par ma faveur placé ,
Tu fus vangé du fort qui t'avoit abaiffé.
Tu fervis bien ma haine ; & frapant mes victimes ,
Ainfi que mes grandeurs tu partages mes crimes.
Cependant, quand je tiens mon bonheur de tes mains,
Te le dirai-je ? hélas ! c'eft toi feul que je crains.
Si la voix des remords me gêne & me tourmente ,
S'ils m'accablent, ton ame en peut-elle être éxempte ?

ARTAZIR.

Des vulgaires humains les remords font l'effroi.
Ils prouvent leur foibleffe ; & je rougis pour toi.
Mais , pour te raffurer , parle ? que faut-il faire ?

AMALFRED.

Vaincre par tes ferments mon doute involontaire.
Tu vois , fur cet Autel , un fer , au lieu d'encens ,
Tout t'y retrace un Dieu, fous des traits menaçants ;
Que le faint appareil de ce lieu formidable
Rende au gré de mes vœux ton ame inébranlable.
Et que la Déité , préfente parmi nous ,
Sur qui peut la trahir épuife fon courroux.

ARTAZIR (*après avoir rêvé un moment.*)

Sur mes reffentiments mon amitié l'emporte....

Et, malgré tes foupçons, demeure la plus forte...

Je t'excufe & te plains ; fi tu m'as outragé,

Par ces mêmes frayeurs je fuis affez vangé...

Puiffai-je t'épargner un tourment fi funefte !

(il prend la coupe.)

» Recevez mes ferments, Déïtés que j'attefte !

» Que cette coupe en moi porte un trépas foudain,

» Si mon cœur un moment pouvoit être incertain?

(Il boit dans la coupe.)

AMALFRED, (*après qu'Artazir a remis la coupe.*)

Embraffe-moi, mon cœur n'a plus de défiance....

La Reine dans ces lieux doit donner audience....

Ami, féparons-nous ; & dans peu tu fauras,

Quels font les nouveaux coups qu'a dû porter mon

    bras.

SCENE II.

AMALFRED. (*feul, & tourné vers l'en-*
droit par lequel Artazir fort.)

D'Un Maître foupçonneux trop imprudent Mi-
    niftre,

De ta crédulité reçois le prix finiftre....

Plus ton audace heureuſe a fait de grands efforts ,
Moins j'ai dû te laiſſer le loiſir des remords ;
Meurs ; & que mes ſecrets te ſuivant chez les Om-
       bres ,
S'abîment avec toi dans les royaumes ſombres.
           (*Il s'approche de l'Autel.*)
» Les ſerments ne font rien qu'avilir en effet
» Celui qui les demande & celui qui les fait ;
» Il faut d'autres garants. Cette coupe plus ſûre
         (*Il jette la coupe & briſe l'Autel.*)
Me met ſeule à l'abri du Traître & du Parjure...
C'en eſt fait ; je viens voir pour la derniere fois ,
Si la Reine oſera méconnoître mes droits.
Je vais lire en ſon cœur, & ſaiſir l'avantage
Que mon expérience a du moins ſur ſon âge.
» Ah ! ſi l'Amour s'expoſe à ſouffrir des dédains ,
» Son bandeau ſervira de voile à mes deſſeins.
On vient. C'eſt Artaman , Dieux ! que vient-il me
       dire ?

S C E N E

SCENE III.

AMALFRED, ARTAMAN.

ARTAMAN.

AH ! Seigneur , Artazir...

AMALFRED.

Eh bien ! parle...

ARTAMAN.

Il expire...

AMALFRED, *avec étonnement.*

Il expire !

ARTAMAN.

Il fortoit. Je marche fur fes pas ;
Je le vois chanceler , il tombe entre mes bras ;
Je veux le fecourir ; je m'écrie , on s'avance ;
Il n'étoit déjà plus.

AMALFRED.

O ! deftin ? ....

ARTAMAN.

Plus j'y penfe ,
Et moins je puis douter qu'un fi cruel trépas ,
Ne parte d'une main trop faite aux attentats.
L'éclat , que vos bienfaits répandoient fur fa vie ,
Contre elle a foulevé les fureurs de l'envie ;

B

Et peut-être le bras , qui l'immole aujourd'hui ,
Pour aller jufqu'à vous s'eſt effayé fur lui.

AMALFRED.

Ah ! ce n'eſt pas pour moi que le crime eſt à craindre.
S'il n'en veut qu'a mes jours , je mourrai fans me
            plaindre ,
Pourvû que de la Reine épargnant les vertus ,
On la laiffe jouir des biens qui lui font dûs.
Veillez fur fes périls… vous , que ce foin regarde ,
A qui de fon Palais j'ai confié la garde ,
Parlez… puis-je la voir ?… En ces auguſtes lieux
M'eſt-il enfin permis de m'offrir à fes yeux ?

ARTAMAN.

Par la mort d'Eutharic à la douleur livrée ,
Amalazonte encor ne s'étoit point montrée.
Elle fort aujourd'hui pour la premiére fois ,
Des tombeaux élevés aux Mânes de nos Rois ,
Et doit enfin donner aux vœux de cet Empire
Un Maître , dans l'époux qu'on la preffe d'élire.
Cependant retirée en fon appartement ,
La Reine veut encore être feule un moment.

AMALFRED.

Il fuffit. J'attendrai que fon ordre m'appelle ,
Eloignons-nous.

SCENE IV.

AMALAZONTE *seule*.

ARrête... arrête. Ombre cruelle !...
Que t'ai-je fait ? pourquoi de l'éternelle nuit
Déchaîner , fur tes pas , le remords qui me fuit ?
Eft-il fait pour les cœurs où régna l'innocence ?
Que peut-il fur le mien ? & , quelle en eft l'offenfe ?
Implacable Eutharic , qu'exiges-tu de moi ?
N'es-tu pas fatisfait ? j'ai tout quitté pour toi.
J'ai trahi mon Amant , qu'avoit choifi mon pere ,
J'ai cherché mon bonheur dans les foins de te plaire.
L'Amour , dont mon devoir fût étouffer l'ardeur ,
Augmentoit ton triomphe... & déchiroit mon cœur.
Soumife à ce devoir , à tes deftins unie ,
Pour conferver tes jours j'aurois donné ma vie.
Ton trépas m'a couté de finceres douleurs.
Tes Manes veulent-ils mon fang après mes pleurs ?
Tes droits , que m'a rendus la mort qui nous fépare,
Te fuivent-ils encor dans la nuit du Tartare ?
Et prétends-tu toujours , en m'arrachant à moi ,
Même après ton trépas difpofer de ma foi ?
Peux-tu me reprocher une innocente flamme ,
Ou condamner l'efpoir qui renaît dans mon ame ?

O vertu ! que sert-il d'avoir chéri ta loi
Si le remords poursuit ceux qui vivoient pour toi ?
Ces penchants , qu'en nos cœurs , un Dieu , sans
    nous , imprime
Dépendent-ils de nous , pour être notre crime ?
Quelle sera sur moi la vangeance du Ciel ,
Si l'amour le plus tendre est le plus criminel ?
Cher Prince , se peut-il que ta timide Amante
Sans trembler pour tes jours ait connu l'épouvante ,
Et que pour traverser un mutuel amour ,
Les Cieux & les Enfers soient armés tour-à-tour ?

SCENE V.

AMALAZONTE, ILDIONE,

AMALAZONTE.

CHére Ildione , eh bien , tandis qu'un Peuple
    en proie
Aux transports indiscrets d'une importune joie ,
M'arrache à ma retraite , & me demande un Roi ,
As-tu lû dans les cœurs? Crois-tu qu'ils soient à moi?
Et que de mes Sujets la prompte obéissance ,
Quels que soient mes desseins, y souscrive en silence?

ILDIONE.

Depuis que votre Epoux , vaincu par les Romains ,

Dans leurs rangs éclaircis , termina ses destins ,
Au défaut des honneurs , dont sa cendre est privée,
Une Tombe superbe , & par vous élevée ,
De votre piété Monument glorieux ,
A dû fléchir son ombre , & contenter nos Dieux.
Dans le sang des Taureaux offerts en sacrifices ,
Les Prêtres n'ont trouvé que des signes propices.
Un Peuple , sous vos lois , par l'Amour enchaîné
Ne vous répond-t-il pas d'un régne fortuné ?

AMALAZONTE.

Il m'aime , & cependant il ose me prescrire
De donner dès ce jour un maître à cet Empire !...
Mais parle ; n'as tu point entendu leurs discours ,
Ni percé dans les cœurs à travers leurs détours ?

ILDIONE.

Le Peuple , avec respect , réserve son hommage
A ce Roi, quel qu'il soit, leur Maître & votre ouvrage.
Mais Amalfred , Madame , a des Rois pour ayeux.
Il signala pour vous son bras victorieux ,
Et remit en vos mains sans trouble & sans partage ,
D'Eutharic expiré le sanglant héritage ;
Ce qu'il a fait pour vous ; son crédit , ses exploits ,
Tout semble l'appeller au Trône de nos Rois.

AMALAZONTE.

Ainsi donc un Sujet , asservissant sa Reine ,
Se riroit des efforts de ma puissance vaine ,
Traverseroit mes feux , & plus maître que moi

Dans mes propres Etats me donneroit la loi,
Ainſi mon cœur trahi, privé de ce qu'il aime
N'aura donc pû jamais diſpoſer de lui-même.

ILDIONE.

Pourriez-vous dédaigner un vainqueur glorieux
De qui l'amour....

AMALAZONTE.

C'eſt trop me cacher à tes yeux,
Ah! du moins aujourd'hui ſans remords & ſans honte
Je puis te laiſſer voir le cœur d'Amalazonte.
Ce cœur foible & ſincere, à la vertu formé,
Trompé par ſon devoir, par lui ſeul enflammé,
Crût longtems, en aimant, ſuivre l'ordre d'un pere,
J'adorois Théodat quand le Ciel en colere
A briſer nos liens, forçant Théodoric,
M'obligea de ſouſcrire à l'hymen d'Eutharic:
Mes malheurs ont été le prix de ma tendreſſe.
Phanés ſeul fut témoin de toute ma foibleſſe,
Et ſes conſeils du moins m'aidoient à triompher
D'un amour qu'on peut vaincre,& non pas étouffer.
Ce Mortel généreux, dont la haute ſageſſe
Avoit de mon Amant cultivé la jeuneſſe,
Imprima dans mon cœur, malgré moi combattu,
Avec des traits de feu, l'amour de la vertu.
Je luis dûs mon repos: mais depuis ſon abſence
Ma flamme au déſeſpoir, s'accrût dans le ſilence.
Soumiſe à mon Epoux, & dévorant mes pleurs,

Je n'ofai dans ton fein dépofer mes douleurs....
Cependant Théodat, maître de fon courage,
Sans prétendre à vanger un fi fenfible outrage,
Dans un Rival heureux refpeɥant mon Epoux,
Contre fes ennemis fe déclara pour nous :
Mais n'ayant pû fauver fes jours par fa vaillance,
Sur Narfés fon vainqueur il pourfuit fa vangeance,
Il l'affiége dans Rome, & va fur fes débris,
Couronner des travaux pour moi feule entrepris.
Juge fi tant d'amour, fi tant de grandeur d'ame
Parlent injuftement en faveur de fa flamme.

I L D I O N E.

Sa valeur & fon nom rempliffent nos climats ;
Je fais que fes vertus égalent vos appas ;
Qu'il eft digne de vous ; & déjà l'on publie
Qu'il revient en ces lieux vainqueur de l'Italie :
Mais ce nouvel éclat dont il brille aujourd'hui,
La nobleffe du fang qui vous unit à lui,
Le droit que vous avez de nous donner un Maître,
Tout vous prefcrit un choix... qui vous perdra peut-
      être...
» J'en vois tout le danger. Théodat eft abfent.
» Amalfred vous adore, & n'eft que trop puiffant ;
» L'amour qu'il a pour vous...

A M A L A Z O N T E.

         Moi j'en ferois aimée !
» Connois mieux fes pareils ; leur ame n'eft charmée

» Que par le seul éclat des solides grandeurs,
» Et satisfaits du rang ils négligent les cœurs.

I L D I O N E.

» Si l'ambition seule eût été son idole,
» Tandis que Théodat marchoit au Capitole,
» Il pouvoit aisément, les armes à la main,
» Usurper, dans ces murs, un pouvoir souverain.
» Puisqu'il soutint vos droits, Madame, il vous adore.

A M A L A Z O N T E.

Beauté trop enviée, & plus fatale encore,
Pernicieux attraits, dont on est si jaloux,
En quel gouffre d'ennuis me précipitez-vous ?

I L D I O N E.

Des Souverains armés briguent votre alliance,
Et leurs Ambassadeurs attendent audience.
Sous le prétexte heureux d'en craindre le courroux,
Retardez un hymen qu'on éxige de vous.
Observez Amalfred, & cachant votre flamme,
Renfermez-en l'ardeur dans le fond de votre ame,
Jusqu'à ce qu'en ces lieux Théodat de retour,
Oppose à son Rival sa gloire, & votre amour.

A M A L A Z O N T E.

J'en croirai tes conseils, je saurai me contraindre.
Je vais voir Amalfred ; mais je ne puis le craindre.
Quels que soient ses projets, je suis Reine ; & mon cœur
Digne de ce haut rang, en soutiendra l'honneur.

Fin du premier Acte.

ACTE II.

SCENE PREMIERE.

AMALAZONTE, ILDIONE,
Suite & Gardes.

AMALAZONTE.

(*à Artaman.*)   (*à sa Suite.*)

QUe les Ambassadeurs s'avancent : Qu'on nous laisse ,

(*à Ildione.*)

Et qu'ensuite Amalfred à mes regards paraisse.

SCENE II.

THEUDA, SUNNON, *& les Acteurs*
précédens.

AVant que de Gontran j'annonce les desseins ,
Pardonnez si frappé de ces charmes divins

C

Dont tant de Rois rivaux adorent la puissance,
Grande Reine....

AMALAZONTE.

Il suffit, Seigneur, je vous dispense
De ce tribut d'encens & d'éloges flateurs
Qu'on offre à nos appas, pour séduire nos cœurs.
Votre Roi, si j'en veux croire la Renommée,
Vers ces murs, à grands pas, fait marcher son armée.
Que prétend-il ?

THEUDA.

Son sort va dépendre de vous.
Si mon Roi de sa gloire eut été moins jaloux,
Déjà, le fer en main, ravageant vos frontiéres,
Il eut de son Etat reculé les barriéres,
Et du droit du plus fort couvert des droits douteux.
Mais pour lui tout succès, s'il n'est juste, est honteux.
Content de maintenir un exact équilibre
Il ne veut subjuguer ni le Rhin, ni le Tibre,
L'éclat des Conquérants n'éblouit point ses yeux
Il est sûr d'obtenir des noms plus précieux.
Et son cœur, gémissant du prix d'une victoire,
Du sang de ses Sujets croit payer trop sa gloire.
Un Peuple de Héros le suit aux champs de Mars;
Et si sa foudre gronde autour de vos remparts,
Pour épargner le sang qu'il est prêt à répandre,
La voix de son amour cherche à se faire entendre;
Il vous offre sa main, son trône, son appui,

Contre tant d'ennemis uniffez-vous à lui ;
Et que cet hyménée approuvé par la gloire,
Soumette aux mêmes loix la Garonne & la Loire.
Je ne vous dirai point, Madame, en quel danger
Un refus imprudent pourroit vous engager...

SUNNON.

Quels que foient ces dangers, affrontez-les, Madame,
Pour choifir un Epoux, n'en croyez que votre ame.
Tour-à-tour la terreur & le foutien des Rois,
Clovis fera le vôtre : il défendra vos droits,
Il fait trop qu'en ce jour d'éternelle mémoire,
Aux champs de Tolbiac, Théâtre de fa gloire,
Par fon éxemple feul ramenant fes guerriers
Votre pere, avec lui, partagea fes lauriers ;
Pour l'oublier jamais il eft trop magnanime.
Il ne fouffrira point que Gontran vous opprime
Il a fû quels Rivaux, réunis contre vous,
S'armoient pour difputer le nom de votre époux ;
Et je ne viens ici que pour vous faire entendre
Qu'à votre premier ordre armé pour vous défendre,
Son bras vainqueur faura forcer au repentir
Quiconque auroit tenté de vous affujettir.

THEUDA.

Je ne fais : mais Clovis s'explique bien en Maître.
Ici plus que Gontran, quel droit a-t-il de l'être ?
Eft-ce qu'enorgueilli des fuperbes deftins,
Promis au nom François par des oracles vains,

Il prétend, fur la foi d'une telle fcience,
Traiter déjà les Rois avec tant d'arrogance?
Croit-il, au nom du Dieu qu'adopta fon effroi,
Ainfi que des Germains triompher de mon Roi?
Peut-être il connoîtra, par fon expérience,
Qu'il eft entre eux & nous un peu de différence;
Et que cette grandeur, qu'attendoit fon orgueil,
Malgré ce Dieu nouveau, peut trouver un écueil.
Mais, enfin, c'eft à vous, Madame, à vous réfoudre.
Vous allez attirer ou détourner la foudre...
Mon Maître, dans Clovis, refpecte un Allié.
Loin de les défunir, ferrez leur amitié;
Et qu'un fi grand hymen épargne à cette Terre
Les malheurs renaiffants d'une immortelle guerre.

A M A L A Z O N T E.

Ainfi donc, fi j'ai bien entendu vos difcours,
(Dont toute autre peut-être eût arrêté le cours,)
Ce Roi, dont vous vantiez la fuprême juftice,
Exige de mon cœur l'abfolu facrifice;
Et, fi ce cœur balance, où ne fe foumet pas,
Il portera la guerre au fein de mes Etats....
Quelle étrange équité, qui contente de nuire,
Tyrannife mes vœux, ou cherche à me détruire.
Mais, fans vouloir pourfuivre un éxamen fâcheux,
(Qui pourroit m'entraîner plus loin que je ne veux)
Je ne méprife point l'honneur de l'alliance
Que me propofe un Roi, dont je fais la puiffance,

Je fuis loin de vouloir allumer fon courroux
Et de rompre la paix qui regne parmi nous.
Mais je ne prétends pas pouffer la déférence
Jufqu'à ranger mon cœur fous fon obéiffance...
Portés-lui ma réponfe : & s'il arme fon bras ,
Pour punir des Sujets qui ne l'offenfent pas ;
Seigneur , nous l'attendrons ; j'ai fouffert vôtre au-
    dace ;
Mais ce n'eft point ici qu'on céde à la menace.
(*à Sunnon en fe levant.*)   (*L'Ambaffadeur fort.*)
Comment puis-je , Seigneur , reconnoître à mon gré
Vos foins ; & les bienfaits d'un Monarque adoré ?
Mon cœur , que j'ofe en croire autant que vos Ora-
    cles ,
De fa haute vertu , fe promet des Miracles ,
Et conçoit que la France , avec de pareils Rois ,
Doit voir le Monde , un jour, fe foumettre à fes lois.

SCENE III.

AMALAZONTE , AMALFRED *qui entre.*

AMALAZONTE.

AVANT que d'achever cette grande journée
Qui doit voir du Midi changer la deftinée ;

J'ai voulu , sans témoins , vous parler en ces lieux.
Je sais , Prince , quels sont vos exploits glorieux.
Le Tarn & l'Eridan rangés sous ma puissance ,
Des Peuples de leurs bords l'entiére obéissance ,
Deux Rois, sous ces remparts, vaincus par votre bras;
Ces murs sauvés : la paix renduë à mes Etats ;
Tout me rappelle ici l'éclat d'une victoire ,
Qui raffermit mon trône , & vous couvre de gloire.
J'en dois payer le prix. Mais avant tout , parlez.
Tous les Chefs de l'Etat par mon ordre assemblés ,
Veulent-ils dans mes mains , & dès cette journée ,
Voir briller les flambeaux d'un second hyménée ?
Veulent-ils m'y contraindre? Et ne puis-je, Seigneur,
Obtenir d'eux le tems de consulter mon cœur ?

AMALFRED.

Je ne puis le cacher ; l'Etat demande un Maître.
Reine , jusqu'à ce jour vous avez pû connoître
Quel zele armant mon bras & conduisant mes coups,
Me fit chercher la gloire en combattant pour vous.

AMALAZONTE , (l'interrompant.)

Aussi , jusqu'à ce jour , Prince , ma confiance
Dût vous être un garant de ma reconnoissance ,
Et ma juste douleur de la mort d'un époux,
Du soin de son Etat , se reposoit sur vous ;
Mais vous prétendiez plus, peut-être... & vos services
Exigent de mon cœur de plus grands sacrifices.
Le Peuple vous promet & mon sceptre & ma main....

AMALFRED.

Ah ! Madame, c'eſt trop vous celer mon deſtin....
Connoiſſez donc l'ardeur du feu qui me dévore,
Tremblant à vos genoux Amalfred vous adore....
Le Trône, où ſa valeur l'eût pû faire monter,
N'a rien, ſans vos appas, qui le puiſſe tenter.
Voilà l'ambition qui poſſede mon ame.
Son excès ſeul pourra juſtifier ma flame,
Et pour vous mériter, quels travaux éclatants,
Quels ſoins....

AMALAZONTE.

C'en eſt aſſez, Prince ; je vous entends.
Quelque ſoit cet amour, toute ſa violence,
Ne peut juſtifier un aveu qui m'offenſe.
Avez-vous pû ſitôt oublier, devant moi,
Que vos deſtins encor, ne vous ont pas fait Roi ?

AMALFRED.

Ah ! ce mot ſeul ſuffit pour m'éclairer, Madame,
Je ſens qu'il faut vous perdre ; & j'ai lû dans votre
     ame ;
J'y vois trop que l'amour vous offre d'autres nœuds..
Théodat fut aimé... Que ſon ſort eſt heureux !

AMALAZONTE (*avec aigreur.*)

Eh ! ſur quoi jugez-vous qu'il ſoit digne d'envie ?...
Triſte deſtin des Grands ! on porte ſur leur vie,
Des regards envieux, & toujours indiſcrets.
On cherche à pénétrer dans leurs penchants ſecrets.

Et si des Courtisans les perfides adresses
N'en peuvent, à leur gré, surprendre les foiblesses,
L'imposture les vange ; & la crédulité
Aiguise tous les traits de leur malignité.

AMALFRED.

Ah ! Madame, pourquoi descendre à vous contrain-
dre ?
Votre cœur est trop noble ; il n'est pas né pour fein-
dre :
Et si de vôtre amour le mien pouvoit douter,
Vous en défendre ainsi, c'est le faire éclater.
Cependant je me tais... & quoi qu'il en puisse être,
Brûlant d'amour pour vous, j'attends de vous un
Maître.
Loin d'oser traverser vos vœux, & ses destins ;
J'adorerai dans lui l'ouvrage de vos mains.
L'honneur de votre choix lui répond de mon zéle :
Et son premier Sujet sera le plus fidéle.

AMALAZONTE (*après une longue pause.*)

Mon cœur aime à bannir des soupçons trop cruels...
Et veut juger, par lui, du reste des Mortels.
Craindre tant de vertus, me sembleroit un crime.

AMALFRED.

Auriez-vous pû douter du zele qui m'anime ? ...

AMALAZONTE.

Non, pour le soupçonner, je lui dois trop, Seigneur,
Connoissez mes secrets... & lisez dans mon cœur.
Oui,

Oui , j'aime Théodat ; & mon aveugle flame
Vouloit dans son rival voir moins de grandeur d'ame,
Et trouvoit du plaisir à se dissimuler
La gloire d'un Héros qui pouvoit l'égaler.
Comment, par quels honneurs dignes de vos services
Puis-je expier jamais de telles injustices ?
Sans le juste pouvoir d'une premiere ardeur
Ah ! vous seriez l'objet le plus cher à mon cœur.

AMALFRED.

Le choix qu'a fait votre ame est digne qu'on le loue...
Théodat vous mérite... Il faut que je l'avoue...
Ce mot , par un rival , se prononce à regret....
Mais si pour lui le sort & l'amour ont tout fait ,
de toutes parts , sur moi , s'il obtient la victoire ;
Il est plus d'un chemin qui conduit à la gloire.
Et ma vertu , malgré l'excès de votre amour ,
Vous forcera peut-être à m'admirer un jour.

AMALAZONTE.

Ah ! trop généreux Prince...

AMALFRED.

    Il est temps que mon zele
Se montre à vous servir aussi prompt que fidele.
Le Peuple veut un Maître : il pourroit le nommer.
Le feu des Factions est prompt à s'allumer ;
Mais à ce Peuple ému qui vous appelle au Temple,
De la soumission j'irai donner l'exemple ,
Le forcer d'obéir , & d'attendre de vous ,

D

Comme un bienfait des Dieux le don de votre époux.
####### AMALAZONTE.
C'en eſt fait, à mon ſort, Seigneur, je m'abandonne;
Je remets en vos mains les droits de ma Couronne,
Mon cœur vous eſt connu : ſûre de votre appui
Je verrai tous mes vœux s'accomplir aujourd'hui.

(elle ſort.)

SCENE IV.

AMALFRED. (ſeul.)

M'EN voilà donc certain : elle aime ; elle eſt
   ſenſible.
Le coup que je médite en ſera plus terrible.
Mais pret à le frapper, je ſens naître en mon cœur
Des mouvements confus de rage & de terreur.
C'eſt en vain qu'Artazir, ſeul inſtruit de mes crimes,
Fut mis par ma prudence au nombre des victimes.
C'eſt en vain que je crûs enchaîner les hazards.
Phanés inceſſamment étonne mes regards.
Un avenir vangeur ſuit partout ſon image.
Je vois la vérité luire ſur ſon paſſage.
Aurois-je donc commis tant d'utiles forfaits
Pour en laiſſer jouir le rival que je hais ?

En auroit-il le fruit , & moi toute la honte ?
Vaincrois-tu mes deftins ingrate Amalazonte ?
Non. L'Amour outragé fait place à la fureur ,
Et ton trépas dumoins préviendroit ce malheur.
   Mais d'un Miniftre faint la vertu révérée
Doit à mes attentats prêter fa voix facrée.
Son zele impétueux eft propre à me fervir ;
Et c'eft en le trompant que je puis l'affervir.
   Si la feule vertu m'eût été néceffaire ,
J'en aurois adopté le facré caractere ,
Au lieu d'elle à mes vœux le crime s'eft offert ,
Il n'a pas moins d'attraits au moment qu'il me fert.
On vient , à mes regards Artaman doit paroître
Qu'il ferve mes deffeins , fans pouvoir les connoître.

S C E N E V.

A R T A M A N , A M A L F R E D.

A R T A M A N.

AH ! Seigneur , croiriez-vous qu'au mépris de
   vos droits ,
Théodat va monter au Trône de nos Rois. . .
Il arrive ; un vain peuple autour de lui s'empreffe ,
Et marque fon retour par des chants d'allegreffe ;

Le bruit même , au Palais , s'eſt déja répandu
Que pour regner ſur eux il étoit attendu,
Son triomphe s'apprête. Et c'eſt en ce lieu même
Qu'Amalazonte enfin donne le diadême.
Et je dois , par ſon ordre , amener ſur mes pas
Le Pontife & les Grands , choiſis par les Etats ;
La Reine , qui tantôt ſembloit fuir l'hymenée ,
M'ordonne d'en hâter la pompe fortunée.
Cependant je me trompe ; ou de bien des horreurs
Ces moments dangereux ſont les avant-coureurs,
Cet Etat par vos mains fait à la ſervitude ,
Soumis à votre joug , en chérit l'habitude :
Ses Chefs me ſont vendus ; je répons de leur foi ;
Et pour vous couronner....

AMALFRED,

Suis-je connu de toi ?

Devois-tu préſumer que l'amour ou la haine
Pûſſent , en m'aveuglant , t'armer contre la Reine ?
J'ai défendu ſon trône ; & ſi d'heureux exploits
M'ont permis d'aſpirer à l'honneur de ſon choix ;
Amalfred n'a point dû prétendre à le contraindre ;
Amalazonte eſt libre ; & je ne puis m'en plaindre.
Théodat eſt vainqueur ; il aime , il eſt aimé ;
Il eſt Prince ; un tel choix ne peut être blâmé.

ARTAMAN,

Que l'amitié plutôt vous guide & vous éclaire,
Dûſſiez-vous condamner un zele téméraire ,

Je ne dois point ſouffrir qu'on oſe vous priver
D'un Trône , où vos amis peuvent vous élever.

AMALFRED.

Tu veux qu'à la révolte Amalfred s'aſſocie !
Crains qu'il ne t'en puniſſe ; & que ton ſang n'expie
Le coupable projet d'un complot odieux ,
Dont ton erreur oſoit s'applaudir à mes yeux ;
Diſperſe tes amis ; que leur Troupe infidele
Se repente du crime où les pouſſa ton zele ,
Rentre dans ton devoir ; réſerve pour ton Roi
Cette fidélité qui t'attachoit à moi.

ARTAMAN.

Qu'un cœur tel que le vôtre au-deſſus des outrages
Qu'il reçoit d'une Reine & d'une Cour volages ,
Plus grand dans ſon malheur , préſente à l'Univers
Un ſpectacle plus rare encor que ſes revers.

AMALFRED.

Un Mortel , accablé du ſort le plus funeſte ,
N'eſt jamais malheureux quand ſa vertu lui reſte.
Sors : obéis , & fais ce qu'on attend de toi.

ARTAMAN.

Je vais donc avancer l'hymen de votre Roi.

(il ſort.)

AMALFRED ſeul.

Il ne l'eſt pas encore ; & le ſort , qui l'améne ,
Propice à ſon amour , l'eſt bien plus à ma haine.

Fin du ſecond Acte.

ACTE III.

SCENE PREMIERE.

THEODAT, AMALFRED.

THEODAT.

JE viens de voir la Reine, & d'apprendre, Seigneur,
Tout ce que votre bras a fait en sa faveur.
Je ne suis point surpris que se couvrant de gloire
Amalfred, sur ses pas, ait fixé la victoire ;
Je n'attendois pas moins d'un Prince & d'un Héros
Dont l'aspect de sa Reine animoit les travaux...
Mais que votre grand cœur par un effort suprême,
Vainqueur de deux Tyrans, se soit vaincu lui-même,
Qu'il puisse à son rival immoler son amour ;
Qu'il en céde l'objet... Sans renoncer au jour....
Qu'il éteigne des feux allumés par la Reine,
Cet excès de vertu ne se conçoit qu'à peine,
Et Théodat, au sein de la félicité,
Ne peut vous égaler en générosité.

AMALFRED.

Seigneur... (car Amalfred croit parler à son Maître.)
J'étois votre Rival... je le suis... Je veux l'être...
Victime de l'Amour & du Ciel en courroux,

Je veux que la vertu m'égale encore à vous.

Un autre, de ce Peuple excitant l'inconſtance,

Auroit pû ſur ſa Reine uſurper la puiſſance,

Ou ſoulevant contre elle avec dextérité

Des Rois, dont ſon hymen aigrira la fierté,

Du ſuperbe Gontran oppoſer la vaillance

A l'appui du Héros, Fondateur de la France,

Et, ſemant la diſcorde au ſein de nos Etats,

Par le fer & le feu déſoler ces climats…

Et de tout temps on vit l'ambition des Princes

Prête à compter pour rien le ſang de leurs Provinces,

Mais moi, qui préférant la gloire à la grandeur,

Ne me ſentois pas né pour être uſurpateur;

J'aime mieux mériter que ravir la Couronne;

Et, quels que ſoient les noms que l'Univers me donne,

Peut-être il eſt plus beau de ſe ſoumettre aux Lois,

Et de vivre en Sujet que d'opprimer ſes Rois.

T H E O D A T.

» Et ce ſont vos vertus qu'appréhendoit ma flamme.

» Leur pouvoir aiſément captive une belle ame:

» Et leur charme eſt ſi doux qu'on finit par aimer

» Un Héros qu'on croyoit ſeulement eſtimer.

» C'eſt ce qui devant Rome, au pié de ſes murailles,

» Me preſſoit d'éprouver le hazard des batailles,

» Afin que ſes débris échappés aux Gaulois

» Vangeaſſent Eutharic par de plus prompts exploits.

» Le ſort a ſecondé ma juſte impatience.

» Et je n'ai pas plus loin étendu ma vengeance.

» Le cœur d'Amalazonte eſt l'univers pour moi.
» Je revole à ſes pieds plein d'amour & d'effroi.
Quel ſpectacle touchant ſuccede à mes allarmes !...
Ce rival , que je crains , ſoumet tout par ſes armes,
Et , ſans ſe prévaloir de tant d'exploits fameux ,
En défendant ſes Rois , s'eleve au-deſſus d'eux.

AMALFRED.

Pour me louer , Seigneur , attendez que mon zéle
Prouve , par des effets , ſi mon cœur eſt fidéle.
C'eſt par des actions , qui feront ſes garants ,
Que je vous inſtruirai de mes vrais ſentiments.
Mon devoir de la Reine a preſſé l'hymenée ,
Et de votre bonheur avance la journée ;
Déja vous entendez les cris & les ſouhaits
D'un Peuple qui s'empreſſe autour de ce Palais.
Déja même je vois cette troupe intrépide
Qui , veillant ſur ſes Rois , à ce grand jour préſide ,
Et qui contient à peine un flot d'adorateurs ,
Dont l'intérêt toujours entoura les grandeurs.
Je ſuis prêt à céder les rênes de l'Empire
Au *Roi* , qu'Amalazonte en ces lieux vient élire.
Mais, on ouvre...& je vois le Pontife & les Grands,
Tous ſemblent prévenir vos vœux impatients....
Tout eſt prêt... & la Reine elle-même s'avance.
(*Pendant ces deux derniers Vers le Grand-Prêtre ,*
   les Grands du Royaume ſe rangent à droite & à
   gauche & ſe tiennent debout , aux deux côtés du
   Théâtre le rideau ſe léve , & Amalazonte paroît.)

S C E N E

SCENE II.

AMALAZONTE, THEODAT, AMAL-FRED, LE PONTIFE, LES GRANDS, SUITE, GARDES.

AMALAZONTE.

PEuples, que le deftin rangea fous ma puiffance ,
Pontife de nos Dieux ; Sujets de mon Epoux ,
　(à *Théodat.*)
Prince , dont la valeur vengea fon fang ; & vous
　(à *Amalfred.*)
Miniftre de l'Empire , appui du Diadême ;
Vous, Chefs de nos Etats ; & choifis par eux-même
Pour difpofer du Sceptre & du bandeau des Rois ,
Prenez place ; écoutez. Et refpectez mon choix.
AMALAZONTE *s'affied ; tout le monde prend*
　　place : elle continuë.
Je ne m'étonne point que mon Peuple en allarmes
A peine refpirant du tumulte des armes ,
Et déjà menacé d'un monde d'ennemis ,
Me demande le Roi que je leur ai promis.
De tant de concurrents l'audace ou les intrigues ,
La fourde ambition qui fomente les ligues ,
Tant de malheurs paffés , tant de périls nouveaux

Semblent preſſer l'hymen d'où dépend leur repos.
» On le veut. Il le faut. Le Ciel même l'ordonne.
» A ſon ordre éternel mon ame s'abandonne.
» C'en eſt fait. Je m'arrache aux devoirs reſpeɛtés
» Qu'éxigeoient d'un époux les Mânes irrités.
» Que le ſang des Romains leur ſerve d'Hécatombe.
» Qu'ils s'appaiſent du moins en voyant cette tombe.
» Pardonne, auguſte époux ; & conſens à des nœuds
» Qui rendront ton Vengeur & tes Peuples heureux.
» Mon cœur eût retardé cet hymen néceſſaire ;
» Mais l'état & les Dieux ſouffrent-ils qu'on différe ?
» Ah ! ſi les Souverains tiennent d'eux leur pouvoir,
» Les vœux de leurs Sujets ſont leur premier devoir.
» Dans le choix de l'époux qu'on me preſſe d'élire,
» J'ai conſulté l'honneur , l'intérêt de l'Empire,
» Votre gloire, la mienne, & mon cœur & nos Dieux.
» Si des plus puiſſants Rois j'ai rejetté les vœux,
» J'ai penſé qu'un Etat, ſouvent , ſous de tels Princes
» Eſt rangé, ſans honneur, au rang de leurs Provinces.
Je vous donne pour maître un Héros dont les mains
Ont lavé vos affronts dans le ſang des Romains.
De mon premier Epoux recevez la Couronne ,
Votre bras l'a vengée : & mon cœur vous la donne.
Régnez donc , Théodat ; je mets ſous votre loi
Les deſcendants de Mars , & vos rivaux & moi.

THEODAT.

Le Ciel lit dans mon cœur. Il ſait que votre Empire

N'eſt pas le premier bien où Théodat aſpire.
Si le droit de régner eſt un de vos bienfaits
Je donnerai du moins vos Loix à mes Sujets.

AMALAZONTE *ſe léve , les portes s'ouvrent ,*
on ſort.

Qu'à reconnoître un Roi tout mon Peuple s'empreſſe;
(à Théodat & au Pontife.)
Et nous , allons au Temple.

LE GRAND-PRESTRE *(après que la foule*
s'eſt éloignée.)
Il n'eſt pas tems , Princeſſe.

SCENE III.

AMALAZONTE, LE PONTIFE, THEO-DAT , AMALFRFD.

LE GRAND-PRESTRE *continue.*

CE jour eſt deſtiné par d'éternels décrets
A tirer de l'oubli d'effroyables ſecrets.
Faites qu'on ſe retire.

AMALAZONTE *retenant Théodat qui veut*
ſuivre Amalfred qui ſort.
Hélas ! quel noir préſage
Iuſqu'au fond de mon cœur a glacé mon courage!

Théodat, demeurez.... Prêtre facré des Dieux ;
Vous favez notre amour.... Cet amour nous vient
      d'eux.
Nous n'avons qu'un defir , qu'un fentiment , qu'une
      ame.
On n'a point de fecrets pour l'objet de fa flamme...
Pourquoi nous féparer & l'éloigner de moi ?
Sa vuë auroit calmé mon trouble & mon effroi.

        LE GRAND-PRESTRE.

Reine, il le faut ainfi : la voix des Dieux l'ordonne.
Je vous parle en leur nom.

        AMALAZONTE.

           Je tremble ! je friffonne ! ....
D'une foudaine horreur tous mes fens font furpris...
    (à Théodat.)
Vous me quittez....O Ciel !

        THEODAT.

           Raffurez vos efprits.
Madame , à vos vertus ce Ciel fera propice.
Vous craignez fon courroux : il vous doit fa juftice :
Et l'organc des Dieux ne fauroit les trahir.

        LE GRAND-PRESTRE.

Le falutaire effroi qui vient de vous faifir
Vous annonce le fort qui vous attend , Madame.
Des plus terribles coups je vais frapper votre ame.
Rappellez-en la force.

        AMALAZONTE.

           O Dieux ! Dieux irritsé

Qu'allez-vous révéler ?...
LE GRAND-PRESTRE.

D'affreuses vérités.
Votre ame, en tous les tems, à la vertu fidele
Jura de faire au crime une guerre immortelle ;
Mais vous, qui l'abhorriez, vous l'alliez protéger :
Un amour imprudent vous l'eût fait partager.
AMALAZONTE.

Quel crime ?.. quel amour ? Et que m'osez-vous dire?
Prêtre des Dieux ; sont-ce eux dont la voix vous ins-
pire ?
LE GRAND-PRESTRE.

Vous êtes dans cet âge, où la séduction
Trompe aisément un cœur, plein de sa passion ;
Gardez-vous d'en gouter l'amorce enchanteresse.
Le crime n'est souvent qu'un instant de foiblesse.
Mais cet instant, suivi des maux les plus cruels,
Peut accabler un cœur de remords éternels.
AMALAZONTE.

Si le mien les éprouve, à quoi sert l'innocence ?
LE GRAND-PRESTRE.

Sans accuser les Dieux, armez-vous de constance.
Le sort, dans un combat, vous priva d'un Epoux :
Quels témoins de sa mort, quel indice avez-vous ?
AMALAZONTE.

La Renommée ; on sait qu'accablé sous le nombre,
Et forçant ses vainqueurs d'accompagner son ombre,

Ce Roi , percé de coups , & de morts entouré
A laiſſé dans leur foule un corps défiguré ;
Et qu'Amalfred envain s'empreſſa de lui rendre
Les devoirs , dont les Dieux privent encor ſa cendre.
Mais Théodat vengea ſa défaite & ſa mort.

LE GRAND-PRESTRE.

Puiſque vous l'ignorez apprenez donc ſon ſort.

AMALAZONTE.

Quel eſt-il ? . . .

LE GRAND-PRESTRE.

Servez-vous de tout votre courage.
Reine , je vais vous faire un trop ſenſible outrage.
Ce ſecret eſt affreux . . . mais je dois vous parler . . .
Et ce n'eſt plus le tems de rien diſſimuler.

AMALAZONTE.

Je frémis ! . . .

LE GRAND-PRESTRE.

Ce Guerrier qu'on croit ſi magnanime,
Choiſi par votre amour ; réprouvé par ſon crime ,
Eut aujourd'hui , ſans moi , reçû de votre main
Le Sceptre d'Eutharic , dont il fut l'aſſaſſin.

AMALAZONTE (avec uncri d'horreur.)

Lui ! . . . .

LE GRAND-PRESTRE.

Son bras , que l'amour avoit armé peut-être ,
Se plongea , ſans pitié , dans le ſang de mon Maître.
Sa vengeance , féroce avec tranquillité ,

Prépara ſes forfaits & leur impunité.

Le maſque des vertus couvrit ſon front perfide.

Mais l'œil perçant des Dieux a vû ſon parricide.

AMALAZONTE.

Rends grace aux préjugés , qui dans un furieux

Me laiſſent voir encor le Miniſtre des Dieux ;

Impoſteur ! eſt-ce ainſi que ta voix téméraire

Abuſe impunément du plus ſaint Miniſtére ,

Et que tu fais ſervir à tes crimes hardis ,

Le culte mal connu des Dieux que tu trahis ?

Par d'infâmes détours ta fourbe abominable

A crû mettre à profit la terreur qui m'accable :

Tremble à ton tour ; ta Reine a percé tes complots.

Si tout autre que toi ſoupçonnant un Héros

M'eût oſé préſenter ce poiſon , que l'envie

Répand avec fureur ſur la plus belle vie ,

Son ſang eût , à mes yeux , expié ſon forfait.

LE GRAND-PRESTRE.

J'ai prévû ces tranſports ; j'en ai bravé l'effet.

Mais le Ciel , qui n'a pû ſouffrir en vous un crime ,

Veut arrêter vos pas ſur le bord de l'abîme.

Profitez du pardon qu'il daigne vous offrir.

Il laiſſe à votre cœur le temps du repentir.

Ce jour pour vous encor eſt un jour de clémence.

Tremblez !.. n'attendez pas celui de la vengeance,

Tremblez d'en mériter les plus funeſtes coups ,

Et qu'un objet indigne , & trop chéri de vous ,

Ne vous faſſe oublier la vertu qui vous guide ,
Juſqu'à vous déguiſer l'horreur d'un parricide.

AMALAZONTE.

Quel pouvoir invincible enchaine mon courroux ?
Pardonne , Théodat ; pardonne , cher époux...
Mon cœur n'a point de part au doute qui m'accable.
Ma raiſon s'en défend... Non, tu n'es point coupable.
Je te connois trop bien,.. Tu m'aimes ; & mon cœur
En croit plus ta vertu , qu'un Oracle impoſteur.

LE GRAND-PRESTRE.

Je ne viens point forçant les lois de la Nature ,
Sur un Oracle faux fonder une impoſture.
Il eſt temps de lever le bandeau précieux
(Dont je voudrois pouvoir couvrir toujours vos
　　　yeux.)
Il eſt tems de montrer la main irréprochable
Qui charge votre amant d'un crime abominable ,
D'un crime , dont l'horreur rejailliroit ſur vous
Si vous n'en puniſſiez l'aſſaſſin d'un époux.
La vengeance des Dieux m'a fait dépoſitaire
Du monument ſacré de cet affreux myſtere
Ils veulent qu'un éxemple apprenne à l'Univers
Que leurs yeux , ſur le crime , en tout tems ſont ou-
　　　verts.

　　　　　　(*il lui remet des tablettes.*)
Qu'allez-vous lire ? hélas ! Puiſſions-nous mécon-
　　noitre

　　　　　　　　AMALAZONTE.

AMALAZONTE *lit.*

» *Des assassins vendus au cruel Théodat*

» *M'enlevérent sanglant du milieu du carnage.*

» *Ma mort va contenter sa rage.*

» *Heureux ! si connoissant un si noir attentat*

» *Mon épouse aux Enfers m'envoyant ma victime ,*

» *Prouve au moins que son cœur n'eut point de part*

  » *au crime.*

       EUTHARIC.

AMALAZONTE (*évanouie.*)

Je me meurs !...

LE GRAND-PRESTRE *faisant approcher ses*

femmes qui l'emménent.

    Rappellez ses esprits languissants.

Mes mains pour elle aux Dieux vont offrir leur en-

cens.

  Fin du troisiéme Acte.

ACTE IV.

SCENE PREMIERE.

AMALAZONTE *seule*.

Effet trop paſſager d'une infortune extrême,
Image de la Mort, que n'ès-tu la Mort même?
Néant, principe unique, unique Dieu des Morts,
Que ne puis-je rentrer dans ton ſein, d'où je ſors?
Par quels ſecours cruels les mains qui m'ont trahie,
Ont-elles rappellé les reſtes de ma vie?

(*elle regarde ſes tablettes.*)

Caractéres affreux . . . Monument abhorré,
Vous portez mille morts à mon cœur déchiré...
» Voilà ce qu'annonçoient à ma timide flamme
» Ces noirs preſſentiments qu'appréhendoit mon
    » ame.
» Je ne m'étonne plus de ces lugubres cris
» Qui, du ſein des tombeaux effrayoient mes eſprits.
» Mes deſtins ſont comblés. Pardonne, Ombre ſan-
    » glante,
» Pardonne à ton épouſe. Elle étoit innocente.

» Elle n'a point trempé dans un complot cruel.
» Dieux ! a-t-on des remords fans être criminel ?
» Que dis-je ? En ce moment, où cet écrit funefte
» Me retrace un forfait que tout mon cœur détefte,
Au rapport de mes yeux, je crains d'ajouter foi.
Théodat convaincu trouve un afyle en moi.
A l'horreur du forfait j'ofe oppofer fa gloire;
Et je ne puis, hélas ! en douter, ni le croire.
Sincére & généreux, non, jamais Théodat
N'a pû fouiller fes jours par un affaffinat.
Il n'a point démenti la vertu qui le guide...
Achéve, malheureufe... épargne un parricide...
Enfrains, dans ta fureur, les plus faintes des loix...
Affaffine un époux une feconde fois...
Ofe accufer d'erreur le Ciel, & la Nature...
Fuis le jour qui t'éclaire, & traite d'impofture
Tout ce qui peut fervir à confondre tes vœux...
Ou plutôt reconnois l'opprobre de tes feux...
Vois l'abîme où l'Amour entraîne fes victimes.
Trouve, en ton propre cœur, le germe de fes cri-
        mes.
Perfide amour... où font tes charmes impofteurs ?
Ils ne te fervent donc que pour tromper nos cœurs!...
Tu paroiffois fi pur.... La gloire & l'innocence
Affifes fur ton Trône, annonçoient ta préfence....
Et je ne t'ai connu qu'injufte & plein d'horreur,
Que traînant après toi le meurtre & la fureur.

Que creufant fous tes pas d'effroyables abîmes,
Et fuivi des remords cortége affreux des crimes....
Pour défendre un amant ceffe de m'aveugler :
Tu cherches à l'abfoudre, & je dois l'immoler....
Qui ? moi... j'immolerois !... Dieux !... feroit-il
　　poffible ?...
Enfers, Mânes facrés... voix funébre & terrible,
Je n'obéirai point à vos ordres cruels....
Nommés d'autres vengeurs... ou d'autres criminels,
Mais j'entends votre Oracle ... & j'y foufcris fans
　　peine,
Si mon fang répandu défarme votre haine.

SCENE II.

AMALAZONTE, ILDIONE.

AMALAZONTE.

ILDIONE, eft-ce toi ? qui t'amene en des lieux
Où je fuis les Humains & la clarté des Cieux ?
ILDIONE.
Déja de votre hymen la pompe folemnelle
De votre choix au Peuple annonçoit la nouvelle,
Et chacun, béniffant le nom de votre Epoux,
Sembloit voir ce Héros des mêmes yeux que vous.
Vous étiez attendus... Lorfqu'impofant filence

Dans un faint appareil le Pontife s'avance.

» *Peuple fufpends* (dit-il) *ton hommage & tes vœux ;*

» *Attends les volontés de ta Reine & des Dieux.*

» *Laiffes-les à leur gré pefer ta deftinée ;*

» *Mais ceffe de preffer un fatal hymenée :*

On s'étonne , on fe tait ; tout le peuple s'enfuit ,

Croyant fe dérober au Dieu qui le pourfuit.

Cependant Théodat près de vous va fe rendre...

AMALAZONTE.

Non , je ne veux jamais ni le voir ni l'entendre.

ILDIONE.

Quelle horreur fe répand dans cet affreux féjour?

Quoi? ce Prince, l'objet de la plus tendre amour ,

Lui, cet Epoux heureux & choifi par vous-même ,

Qui devoit d'Eutharic porter le Diadême ,

Lui , fon vengeur . . . .

AMALAZONTE.

Quel nom viens-tu de prononcer ?

Quel affreux fouvenir m'ofe-t-on retracer ?

Moi ! couronner l'objet d'une ardeur infenfée !

Me préfervent les Dieux d'en avoir la penfée ! . . .

Apprens à le connoître , & frémis de mon fort.

Mon époux expirant l'accufa de fa mort.

Le crime & les témoins font préfens à ma vuë ,

Lis, vois tous mes devoirs , conçois-en l'étenduë.

Non ; je ne vivrai point... fans venger mon époux ,

Il veut du fang ; le mien fléchira fon courroux.

ILDIONE.

Si Théodat a pû fous un dehors perfide,
Déguiler en effet les traits d'un parricide,
L'Univers de fa gloire & de fon fort jaloux,
Par fes fauffes vertus fut trompé comme vous.

AMALAZONTE.

Ne crois pas , qu'en fecret la trifte Amalazonte
Se diffimule encor fa foibleffe & fa honte.
Mon crime t'eft connu ; je n'y furvivrai pas.
Mais j'aurai dérobé , ce que j'aime au trépas.
Et quitte envers l'amour , mon cœur , tu peux l'en
    croire ,
Acquittera bientôt ce qu'il doit à fa gloire ;
Profite du moment déja trop différé ,
Où mon fecret fatal eft encor ignoré ;
Va trouver Théodat... & s'il m'aime, qu'il fuye...
S'il eft tems encor , vole & prends foin de fa vie.
Ah ! fans doute on fait tout. Amalfred, que je voi
Pour des jours fi chéris redouble mon effroi.

S C E N E   I I I.

AMALAZONTE, AMALFRED.

AMALFRED.

MADAME, pardonnez, si ma vuë indiscrette
Sans vos ordres sacrés , perce votre retraite.
L'intérêt de l'Etat & votre sûrété
M'ont fait de cette audace une nécessité.
Je ne dois point lever un regard téméraire
Sur les secrets du Trône ou ceux du Sanctuaire...
Mais le Pontife presse ; & je viens en ces lieux ,
Pour vous faire savoir , au nom même des Dieux ,
Qu'il attend à l'Autel la Victime ignorée ,
Qui déjà par vos mains devoit être livrée ;
Et , si ce sacrifice est encor suspendu ,
Leur secret , a-t-il dit , doit être répandu ;
Puisque c'est à ce prix qu'appaisant leur vengeance
Les Dieux , qui l'inspiroient , ont promis leur clé-
   mence.

AMALAZONTE.

Souvent leurs intérêts n'ont servi qu'à voiler
Ceux du fourbe insolent, qui les faisoit parler...
   (*avec trouble.*)
Mais jusqu'à l'inspirer rarement ils descendent...

Le Grand-Prêtre connoît le fang qu'ils me deman-
dent.
Mon zele eft aujourd'hui d'accord avec le fien.
Qu'il faffe fon devoir ; je remplirai le mien.
C'eft à moi de choifir l'heure du facrifice.

(à part.)

Qu'on l'attende en filence : ô Ciel ! fois-lui propice !
Vous , jufqu'à ces moments que mon ordre a fixés ;
Si je fuis Reine encor , Seigneur , obéiffés.

(Amalfred fort.)

(feule.)
Prince trop malheureux , dirai-je trop coupable ?...
Puiffe à mes vœux le Ciel devenir éxorable !
Et pour prix de ces jours qui ne font plus pour toi,
Se déguifer ton crime... ou s'en venger fur moi.

SCENE IV.

AMALAZONTE, ILDIONE.

ILDIONE.

MADAME, Théodat demeure inébranlable.
Et ne foupçonnant point l'horreur qui vous accable,
Loin de vouloir vous fuir , pour la premiére fois
Refufe conftamment d'obéir à vos loix.
Irrité d'un feçret qu'on s'obftine à lui taire ,

Il

Il bravera les Dieux jusqu'en leur Sanctuaire.
Il va se perdre...

AMALAZONTE.

Eh bien , vole , arrête ses pas,
Qu'il paroisse , obéis , & préviens son trépas.

(*Ildione sort.*)

(*seule.*)
Grands Dieux! si ma foiblesse ajoute encor au crime,
N'en punissez que moi ; voilà votre victime.

S C E N E V.

THEODAT, AMALAZONTE.

THEODAT.

AH ! Madame , est-ce vous qui pouvez m'or-
donner
De fuir tout mon bonheur ; de vous abandonner?...
En quel tems ? .... se peut-il qu'un Prêtre ou qu'un
Oracle
Opposent , entre nous , un éternel obstacle ? ...
Ah ! plutôt surmontez vos secrettes terreurs ;
Daignez me confier le sujet de vos pleurs...
Eh ! quoi ! vous frémissez, au lieu de me répondre!...
Qu'un changement si prompt a dequoi me confon-
dre !

G

AMALAZONTE.

Mon cœur n'eſt point changé.

THEODAT.

Calmez donc cet effroi.

Vous m'aimez... & votre ame a des ſecrets pour
moi !

AMALAZONTE.

Ah ! Malheureux ! ton cœur ne peut-il les compren-
dre ? . . .

THEODAT.

Ah ! c'eſt donc votre mort que vous allez m'apprendre. . . .

AMALAZONTE.

Non. Crains d'en trop ſavoir, & fuis de ce ſéjour.
Sois content d'avoir vû triompher mon amour...
Laiſſe-moi mon ſecret & mon fort... & meſure
Le péril, qui te preſſe, au tourment que j'endure.

THEODAT.

Je ne crains plus pour vous... & je ſuis ſans effroi.
Vous m'aimez... Non, le Ciel ne peut rien contre
moi...
Parlez ; au nom ſacré de l'amour qui m'anime.

AMALAZONTE.

Eſt-ce à ma bouche, ô Ciel! à l'accuſer d'un crime?...
Non ; elle ſe refuſe à cet horrible emploi.

THEODAT.

Que parlez-vous de crime ? Eſt-ce vous, eſt-ce moi?

Que prétend d'un Pontife accuſer l'imprudence ?

AMALAZONTE.

Le crime eſt trop certain... & j'en crains la vengeance.

THEODAT.

Quel crime ?

AMALAZONTE.

Un parricide ; un meurtre plein d'horreur ;
L'aſſaſſinat du Roi.

THEODAT.

Qui l'a commis ?

AMALAZONTE.

Seigneur,
Que me demandez-vous ?

THEODAT.

Un forfait que j'ignore.
Quel eſt le criminel ?

AMALAZONTE.

Mon cœur , puiſqu'il t'adore.
Lis...

(*elle lui remet ſes tablettes.*)

THEODAT (*en les lui rendant.*)

J'ai lû. Que le peuple ordonne mon trépas.
J'en recevrai l'arrêt & ne m'en plaindrai pas.
Mais vous , qui regardez nôtre amour comme un
crime ,

Peut-être à votre Amant vous deviez plus d'estime!
Vous pouviez opposer à cet écrit menteur
Mon nom, quinze ans de gloire, & surtout votre
    cœur.
Il dépendoit de vous que le sort, qui m'opprime,
Sans avoir pû m'abattre, immolât sa victime.
Vous doutez du forfait dont on m'osa noircir...
Et vous vouliez me fuir, sans vous en éclaircir...
Et moi, sans le savoir, chargé d'ignominie,
J'aurois perdu l'honneur pour conserver ma vie...
D'un opprobre éternel mon nom seroit flétri...
Ah! Madame, est-ce ainsi que vous m'avez chéri?...
Je conçois vos remords. Ils étoient légitimes.
Oui, sans doute, & voilà vos véritables crimes.

AMALAZONTE.

Va, quitte des dehors, qui ne m'imposent plus.
Cesse de te parer de tes fausses vertus.
Je vois trop tard l'abîme, où mon ame séduite
Par ton perfide amour avoit été conduite.
La vérité me luit pour la premiére fois.
Tes forfaits sont connus ; ce sont eux que tu vois.
Barbare!... étois-tu né pour être si coupable ?
L'amour t'ordonna-t-il un meurtre abominable ?
Mes jours, mes tristes jours, d'horreur environnés,
Consumés dans la honte, aux larmes condamnés,
Du remord dévorant renaissantes victimes,
Pouvoient-ils t'être chers, & te couter des crimes ?

Que dis-je ? en ce moment… où trop sûr de mon
    cœur,
Tu te flattes déjà qu'il parle en ta faveur,
Si la vertu pouvoit toucher encor ton ame,
Tu ferois le premier à détefter ma flamme ;
Et ton cœur, partageant un état fi cruel,
Concevroit mes devoirs, s'il n'étoit criminel.
Pour faire triompher ici ton innocence,
Ta gloire eft déformais une foible défenfe :
Pour te juftifier tente d'autres efforts,
Ou prends de moi du moins l'éxemple des remords.

THEODAT.

Je me défendrai mal : dans un malheur femblable,
Qui fauroit s'excufer fe montreroit coupable.
L'Art eft toujours fufpeft ; de fi noirs attentats
Pourroient m'être imputés s'ils ne m'étonnoient pas :
Mais une ame aux vertus par la gloire formée,
A fe juftifier n'eft point accoutumée.
A qui fut confié cet écrit odieux ?

AMALAZONTE.

Au Pontife…

THEODAT.

Mais lui, d'où le tient-il ?

AMALAZONTE.

Des Dieux.

THEODAT.

Les Dieux, pour appuyer la voix de l'impofture,

N'ont point interrompu l'ordre de la Nature.
Je cours vers leur Miniftre ; & s'il trahit fes Dieux,
(Tout Scélérat eft foible)il me craindra plus qu'eux.

AMALAZONTE.

Grands Dieux ! fi la vertu paffe pour impofture,
Le crime imite-t-il la vertu la plus pure ?
Laiffe-t-il dans les cœurs tant d'intrépidité ? …
Non fans doute un coupable a moins de fermeté.
Où vas-tu malheureux ? …

THEODAT.

Où la gloire m'appelle.
Confidérez ces traits qui dépofent contre elle :
Ils tracent mon devoir: heureux,dans mes malheurs,
Si j'emporte au tombeau votre eftime & vos pleurs.

AMALAZONTE.

Demeure... Ecoute encor la voix d'Amalazonte ,
Crains-en le défefpoir.

THEODAT.

Je ne crains que la honte.
Mon choix eft fait. Il faut remplir enfin mon fort ,
Et régner avec vous ; ou courir à la mort.

(*Théodat fort.*)

AMALAZONTE *feule.*

Empêchons fon trépas... Allons chercher moi-même
Les moyens, s'il en eft, de fauver ce que j'aime.

Fin du quatriéme Acte.

ACTE V.

SCENE PREMIERE.

PHANES (*seul.*)

OU vais-je, malheureux ?... Amalfred , en
    ce jour ,
N'a-t-il que des pareils dans cette horrible Cour ?
Cher Théodat ! Héros ! dont j'élevai l'enfance,
Quel est ton fort ? .. le crime a flétri l'innocence ;
» Que deviens-tu, cher Prince, & qu'auras-tu penfé,
» En lifant un écrit que l'erreur à tracé ?
» Qu'a pû de ta grande ame oppofer la conftance
» A des témoins facrés qui demandoient vengeance?
» Tes malheurs ô mon Maitre , ont dû laffer le
    Ciel.
  » Le deftin d'Eutharic fut cent fois moins cruel ;
» Puifque par les ingrats qui trancherent fa vie
» La tienne , avec l'honneur , peut-être t'eft ravie,
  » J'arrive. .. je te vois. De farouches Soldats
» Dans la Tour du Palais t'entrainent fur leurs pas,
» Je ne puis , repouffé par leur foule inhumaine ,

» Pénétrer jusqu'à toi, ni parler à la Reine.

» Est-ce envain qu'aujourd'hui je vole à ton secours?

» Le barbare Amalfred est maître de tes jours.

» Ce fortuné coupable a jetté sur ta vie

» L'opprobre de la sienne, & son ignominie.

Le perfide Artazir, qui poignarda son Roi,

Feignit de le servir; & n'accusa que toi.

Eutharic abusé, se croyant ta victime,

Lui confia l'écrit qui te charge du crime;

Et ce Roi, dont l'erreur t'impute ici le sort,

Ne se vit détrompé qu'en recevant la mort.

Je le trouve expirant; & sa voix affoiblie

M'apprend l'affreux projet de tant de perfidie;

Je viens la mettre au jour. Mais dans ces lieux crùels,

Je n'ai vû que des cœurs séduits ou criminels.

Le tems presse. Parlons. Instruisons le Grand-Prêtre.

Que dis-je?... à nos Tyrans c'est nous livrer peut-
        être....

N'importe.... Il faut pourfuivre, en ce nouveau
        danger,

Et je vais prévenir le crime, ou le venger.

Trop heureux si courant à ma perte certaine,

Je puis en expirant défabuser la Reine.

*(il sort par l'un des côtés du Théâtre, tandis qu'A-
malfred & Artaman entrent par l'autre.)*

SCENE

SCENE II.

AMALFRED, ARTAMAN.

AMALFRED.

QU-as-tu fait ? Théodat eſt-il en ſûreté ?

ARTAMAN.

Oui. J'ai trompé les yeux de ce Peuple irrité,
Qui lui-même, preſſant un juſte ſacrifice,
Demande à haute voix que Théodat périſſe.
Ma Garde l'a conduit, par des détours obſcurs,
Juſques dans cette Tour dont vous voiez les murs.
Mais je n'aurois pas crû qu'un Prince ſi coupable
Trouvât dans ſon rival un ami ſecourable.

AMALFRED.

Obéïs à la Reine : & ſache que ma voix
Te donne ſeulement l'ordre que j'en reçois.

ARTAMAN.

» Si la Reine s'égare & court au précipice,
» De ſes emportements deviendrez-vous complice ?
» Si ſon cœur trop ſéduit oſe juſtifier
» De ſon époux ſanglant le lâche meurtrier,
» Vous devez prévenir, non protéger les crimes ;
» Et je viens vous livrer de nouvelles victimes.
» Phanés eſt arrivé. Phanés eſt en ces lieux.

AMALFRED.

(à part.)

Phanés ! Ciel !

H

ARTAMAN.

» Il craignoit de rencontrer mes yeux.
»Mais je n'en puis douter. Je l'ai vû. C'eſt lui-même.
» Connu, juſqu'à préſent, par ſa vertu ſuprême,
» Ou plutôt de ſon maſque habile à ſe parer,
» Ainſi que Théodat il ſe fit admirer...
» Il en impoſe au Peuple... & dès ce jour peut-être,
» Par quelque nouveau crime il ſe fera connoître.

AMALFRED.

Lui ! Qu'entends-je ?...

ARTAMAN.

A la Reine il prétendoit parler.
Il a de grands ſecrets (dit-il) à révéler.
Il nous trompe ſans doute, & croit par ſon adreſſe
Séduire un cœur, déjà trop plein de ſa tendreſſe.

AMALFRED.

Peut-être il vient défendre un Héros malheureux.
Et mon cœur, en ſecret, me parle encor pour eux.
Qui croit toujours le crime en peut être capable.
Théodat à tes yeux dût paroître coupable ?...
Mais s'il ne l'étoit point; ſi Phanés en ces lieux
Venoit juſtifier ſon élève & les Dieux....
Si de la vérité la Reine eût pû s'inſtruire...
Allons ; je prends ſur moi le ſoin de l'y conduire...
Donne ordre qu'on l'arrête ; &, ſans perdre un mo-
　　　ment,　　　　　　　(*il le déſigne du doigt.*)
Qu'il ſoit introduit ſeul, dans cet appartement.

Fais venir Théodat. Et , tandis qu'on l'améne ,
Du succès de tes soins cours avertir la Reine.

SCENE III.

AMALFRED (*seul.*)

PHANÉS de mes forfaits pourroit-il être instruit?...
Vient-il les mettre au jour... & m'en ravir le fruit ?
Peut-il donc éxister des traces de mes crimes ?
Mes complices toujours ont été mes victimes :
Et mon secret demeure anéanti comme eux.
N'importe.... Son retour peut traverser mes feux.
Il étoit au lieu même , où comblant ma vengeance,
Artazir de mes vœux surpassa l'espérance.
Il a pû pénétrer jusqu'au sombre séjour
Où son Prince venoit d'être privé du jour...
Il pourroit , apportant une clarté nouvelle ,
Regagner le Pontife ; en éclairant son zele,
Accuser Artazir du meurtre de son Roi ,
Rassembler des soupçons , & les fixer sur moi...
Je le crains : il mourra. Ma juste défiance
A sû toujours du sort prévenir l'inconstance.
Artaman va livrer la victime en mes mains :
Et qui les sait tromper gouverne les Humains.
J'ai servi Théodat ; & ma haine couverte

Pour en cueillir les fruits a retardé sa perte.
» La Reine commençoit à douter de ma foi ,
» Ce service nouveau peut l'attacher à moi,
» Et , lorsque son Amant doit être ma victime,
» Je prétends qu'ébloui par ma vertu sublime
» Lui-même , avec surprise, en admirant l'effort
» Serve encor mon amour , en recevant la mort.
Les piéges sont tendus. Un Prêtre Fanatique
Va plus loin que la haine & que la politique ;
Cet Aveugle instrument, des Peuples révéré,
Me sert mieux, aujourd'hui , qu'un complice éclairé.
Je puis me reposer sur lui de ma vengeance :
Sa vertu m'en répond : mais Théodat s'avance.

SCENE IV.

AMALFRED, THEODAT.

AMALFRED.

DE quoi qu'on vous accuse , un Prince vertueux
Jugé par ses pareils , n'a rien à craindre d'eux.
Ainsi , loin d'approuver un Peuple téméraire,
A ses ressentiments j'ai dû seul vous souftraire ;
Plus éclairé que lui , plus généreux du moins ,
Je pése vos vertus , & non pas les témoins :
Quelle que soit la main qui vous charge du crime,
J'en croirai moins les traits qu'un cœur si magnanime.
Oui , malgré des garants qui semblent si sacrés ,

Je vous crois innocent puifque vous l'affurés.
T H E O D A T.

Je fuis votre rival : & vous doutez du crime !
Je vous reconnois , Prince , à cet effort fublime.
Achevez ; ouvrez-moi les chemins de l'honneur
Le Temple... où je prétends voir mon Accufateur.
Puifque ma liberté , Seigneur , eft votre ouvrage,
Donnez-moi les moïens d'en faire un digne ufage.
A M A L F R E D.

Si de vôtre innocence Amalfred eût douté ,
Il la reconnoîtroit à tant de fermeté....
Mais vous n'ignorez pas quelle eft fur fes Rois même
D'un Pontife facré la puiffance fuprême....
T H E O D A T.

Je fais que c'eft de lui que la Reine , en ces lieux ,
Reçut l'écrit fatal , qu'il dit tenir des Dieux ,
Allons , portant le jour jufqu'en fon fanctuaire ,
Le forcer , devant vous , d'éclaircir ce myftère...
Aux clartés des vertus , qui conduifent mes pas ,
J'entrevois des horreurs que je ne comprends pas.
Du deftin d'Eutharic l'obfcurité trompeufe ,
Des preuves de fa mort l'évidence odieufe ,
La noirceur du complot à moi feul imputé :
Tout d'un fourbe hardi me peint l'habileté...
Et peut-être en tombant dans les piéges du crime ,
Ce Prince malheureux , crût être ma victime...
Peut-être , en le frappant , un perfide affaffin
Me chargea du forfait... & conduifit fa main.

Peut-être il vit encor... Venez, courons au Temple.
Quand de tant de vertus vous me donnez l'éxemple,
Souffrez que foupçonné d'un lâche affaffinat,
Je recouvre ma gloire... ou meure avec éclat.

AMALFRED.

Quel que foit le péril qui fuit vôtre entreprife,
L'honneur vous la fuggére... & l'honneur l'autorife.
Je veux m'unir à vous pour un deffein fi beau,
Et vous placer au Trône, ou vous fuivre au tombeau.
Plus vos malheurs font grands ; plus je vous dois de
        zele.
Amalazonte vient. Je vous laiffe avec elle.
(à part tandis que Théodat marche au-devant de la
        Reine.)
Va, j'enfanglanterai de fi tendres adieux.
Je te les vendrai cher. Tu mourras à fes yeux,
Allons trouver Phánes & l'immoler moi-même.
(Il fort du côté oppofé à celui par lequel la Reine en-
tre , & prends le chemin de l'appartement qu'il a
defigné , & où Phánes doit étre conduit.)

SCENE V.

AMALAZONTE, THEODAT.

AMALAZONTE.

Cher Prince , (car malgré notre infortune extrême)

Ce nom , jadis ſi doux , échape à mon amour...)
Vous vivez. Amalfred vous a ſauvé le jour...

THEODAT.

Il veut faire encor plus , & ſon cœur magnanime
Va défendre ma gloire , & combattre le crime.

AMALAZONTE.

Cette gloire inhumaine éxige-t-elle , hélas !
Que tu coures , ſans fruit, affronter le trépas ?
Tes yeux ont déjà vû s'armer contre ta vie
D'un Peuple mutiné la barbare furie ;
Un Pontife abſolu les gouverne à ſon gré.
Son pouvoir , odieux , n'en eſt pas moins ſacré...

THEODAT.

Si le Ciel aujourd'hui trahit mon innocence ,
Il la connoît ; ma mort hâtera ſa vengeance.

AMALAZONTE.

Il ſouffre l'impoſture... Il permet ton trépas.
Qu'importe qu'il le venge?.. Ah ! cruel... ne crois
        pas
Que je vive un moment... Mais qui vois-je paroître?
Ah ! nous ſommes perdus... J'apperçois le Grand-
        Prêtre.

THEODAT.

Sans doute la vertu peut ſe voir accabler ,
Elle peut ſuccomber ; mais ne ſauroit trembler.

S C E N E V I.

AMALAZONTE, THEODAT, LE PON-
TIFE, SUITE. *Peuple, au fond du Théâtre.*

LE GRAND-PRESTRE.

REINE , vous connoiffez le coupable & le crime.
Balancez-vous encore à livrer la victime ?...
Je viens la demander pour la derniére fois.
L'Amour, méconnoiffant les plus faintes des Loix ,
Etouffant les remords , brave-t-il le Ciel même ?
Et la défendra-t-il contre fa voix fuprême ?...
Que dis-je ? & qu'ai-je vû... l'affaffin d'un époux...
Ofe , jufqu'en ces lieux , paroître devant vous...
Il cherche votre vuë... & vous fouffrez la fienne !
Partagez-vous fon crime ? ô malheureufe Reine !
Votre époux, en mourant, sûr de la trahifon ,
Ne forma-t-il fur vous qu'un trop jufte foupçon ?

A M A L A Z O N T E.

Je défends un Héros que l'impofture accable.
Et mes feuls remords font de l'avoir crû coupable.
Sans doute il ne l'eft point.

LE GRAND-PRESTRE.

Il ne l'eft point... comment.

Par

Par où juftifier un tel aveuglement ? ...
Tout doit vous en tirer.. & le Ciel , qui m'écoute,
Peut-il, fur vos devoirs, vous laiffer quelque doute ?
Craignez du moins la foudre ; elle gronde...
THEODAT.

L'effroi

Pourfuit les fcélérats, il n'eft point fait pour moi.
Leur crime eft mon efpoir ; fi la foudre s'apprête ,
La foudre m'enhardit , en grondant fur leur tête ;
Ce font eux qu'on menace ; & les Dieux indignés
Leur réfervent les coups, que pour moi vous craignez.
LE GRAND-PRESTRE.

Permettez-vous, grands Dieux, que tant de perfidie
A tant de fermeté fe puiffe voir unie ?
Et l'amour, à fon joug enchaînant les Mortels ,
N'en fera-t-il jamais que de grands criminels ?
THEODAT.

» Tranchons de vains difcours. C'eft à moi de ré-
     » pondre.
» Oui, j'ai vû ces garants qu'il eft tems de confondre.
» En vain vous abufez du nom facré des Dieux.
» Pour me juftifier je n'ai pas befoin d'eux.
» En vain l'illufion, par de fecrets preftiges ,
» De mon crime apparent a produit les veftiges ;
» Il faut la diffiper. Ce Monument trompeur
» Convainquant pour tout autre , excufe vôtre er-
     » reur.

I

Le zéle a pû tout faire , & je vous rends juſtice.

Mais , Si des trahiſons vous n'êtes point complice ,

Remontons à leur ſource... uniſſons-nous tous deux ,

Perçons l'iniquité de ce myſtere affreux.

Qu'ici la vérité paroiſſe ſans nuage.

Qui vous l'a confié ce fatal témoignage ?...

Pourquoi nous le cacher ? Pourquoi tant de détour ?

La vertu n'a point d'art ; & cherche le grand jour.

Parlez donc. Montrez-moi la main vraiment coupable ,

Par qui je ſuis chargé d'un complot éxécrable ;

Quelle eſt-elle ? Voyons ſi mon Accuſateur

Soutiendra , juſqu'au bout , ſon langage impoſteur.

LE GRAND-PRESTRE (*s'avançant vers*
  le Peuple.)

Peuple , qui l'écoutez , confondez tant d'audace.

C'eſt lui qu'il faut punir ; & c'eſt lui qui menace.

  (*Montrant Théodat.*)

Voilà le Meurtrier d'un Prince infortuné

Dans un piége mortel par lui ſeul entraîné...

Voilà le Succeſſeur , que la Reine elle-même

Deſtinoit à porter ſon ſanglant Diadême...

Il ſe pare , à vos yeux , d'une fauſſe grandeur ;

Il demande le nom de ſon Accuſateur...

A-t-il pû l'ignorer? c'eſt mon Roi... c'eſt mon Maître...

(*à Théodat.*)

C'eft la main d'Eutharic... L'ofes-tu méconnoître ?

Le billet, qu'il traça, fut trouvé fur l'Autel ;

Eh ! qu'importe, s'il vient des Dieux, ou d'un
    Mortel ?

T'en convaincra-t-il moins du plus noir parricide ?

Peuple, juge entre nous : & que ta voix décide

Qui le doit emporter de ton Prince au tombeau

Qui demande vengeance, ou bien de fon bourreau.

(*à ces mots des Satellites entourent Théodat.*)

AMALAZONTE.

C'en eft fait... on l'écoute ; & fa voix fouveraine

Subjugue les efprits que fa fureur entraîne.

Cruels, préparez-vous le comble des horreurs ?...

(*à Ildione*)

Le verrai-je expirer ? Soutiens moi. Je me meurs.

» *Théodat eft entouré de Satellites, le Grand-Prêtre*
  » *eft à la tête du Peuple. Amalazonte, appuyée*
  » *fur Ildione, eft évanouie, fur l'un des côtés du*
  » *Théâtre : du côté oppofé on voit paroître Pha-*
  » *nés fe débattant encore, & faififfant, d'une*
  » *main, le bras d'Amalfred déjà levé pour le poi-*
  » *gnarder, tandis que de l'autre il le frappe à*
  » *la vuë des Spectateurs. Amalfred tombe entre*
  » *les bras de deux Gardes, qui le foutiennent ;*
  » *voilà le tableau.*

I ij

PHANE'S (*frappant Amalfred.*)

Tombe à mes pieds, barbare.

THEODAT.

Ah ! Phanés ! ...

PHANE'S (*courant vers Théodat.*)

ô mon Maître !
Quel eſt l'état indigne où je vous vois paroître ?

LE GRAND-PRESTRE à *Phanés.*

Malheureux ! qu'as-tu fait ?

PHANE'S.

Mon devoir, Et les Dieux
(*en montrant Théodat.*)
Pour le juſtifier m'ont condüit en ces lieux.
Ils ont guidé mon bras. Ils ont pris ma défenſe,
(*en montrant Amalfred.*)
Et ſon ſang criminel ſuffit à leur vengeance,
(*au Grand-Prétre, en lui remettant une lettre.*)
Lis... la main d'Eutharic va finir ton erreur,
(*en montrant Amalfred expirant*)
Et d'un Monſtre puni démaſquer la fureur.

LE GRAND-PRESTRE *lit à haute voix.*

» *Du perfide Amalfred j'éprouve la furie.*
» *Artazir, par ſon ordre, accuſa Théodat.*
» *Et je ne fus inſtruit de ce double attentat,*
» *Qu'en recevant le coup qui m'arrache la vie,*
» *Pour me la rendre, en vain Phanés a tout oſé.*

» *Je meurs , mais sans regret : puisque j'ai l'espérance*
» *De faire éclater l'innocence*
» *D'un Prince injustement par moi-même accusé ,*
» *Et de lui devoir ma vengeance.*

THEODAT.

O myftère d'horreur ! ...

AMALFRED (*se tournant vers Amalazonte.*)

Triomphe ; & connois-moi.
J'accufai ton Amant. Je fis périr mon Roi.
Je nageai dans le fang ; & ma fureur couverte

(*en défignant Théodat.*)

Prépara vainement ton fupplice & fa perte.
Il l'emporte.. ... Mon ame au-deffus des remords
N'aura que ce regret dans le féjour des Morts.

(*Il expire.*)

AMALAZONTE.

Enfin le Ciel eft jufte. ..

LE GRAND-PRESTRE.

O Reine, fi mon zéle
Accufant l'innocence , a pû s'armer contre elle ,
Si les Dieux ont permis que je pûffe en douter;
Leur vengeance aujourdhui la fait mieux éclater.

FIN.

APPROBATION.

J'AI lû par ordre de Monseigneur le Chancelier, *Amalazonte Tragédie*, & je crois que l'on en peut permettre l'impression. A Paris, ce 10 Janvier 1755.

CRÉBILLON.

De l'Imprimerie de JORRY.

www.ingramcontent.com/pod-product-compliance
Ingram Content Group UK Ltd.
Pitfield, Milton Keynes, MK11 3LW, UK
UKHW022118070726
13613UKWH00003B/1134

9 782019 235482